Collection "Patrie"

GEORGES SPITZMULLER

L'AS
DES PROJECTEURS

40 c.
Le récit complet illustré.

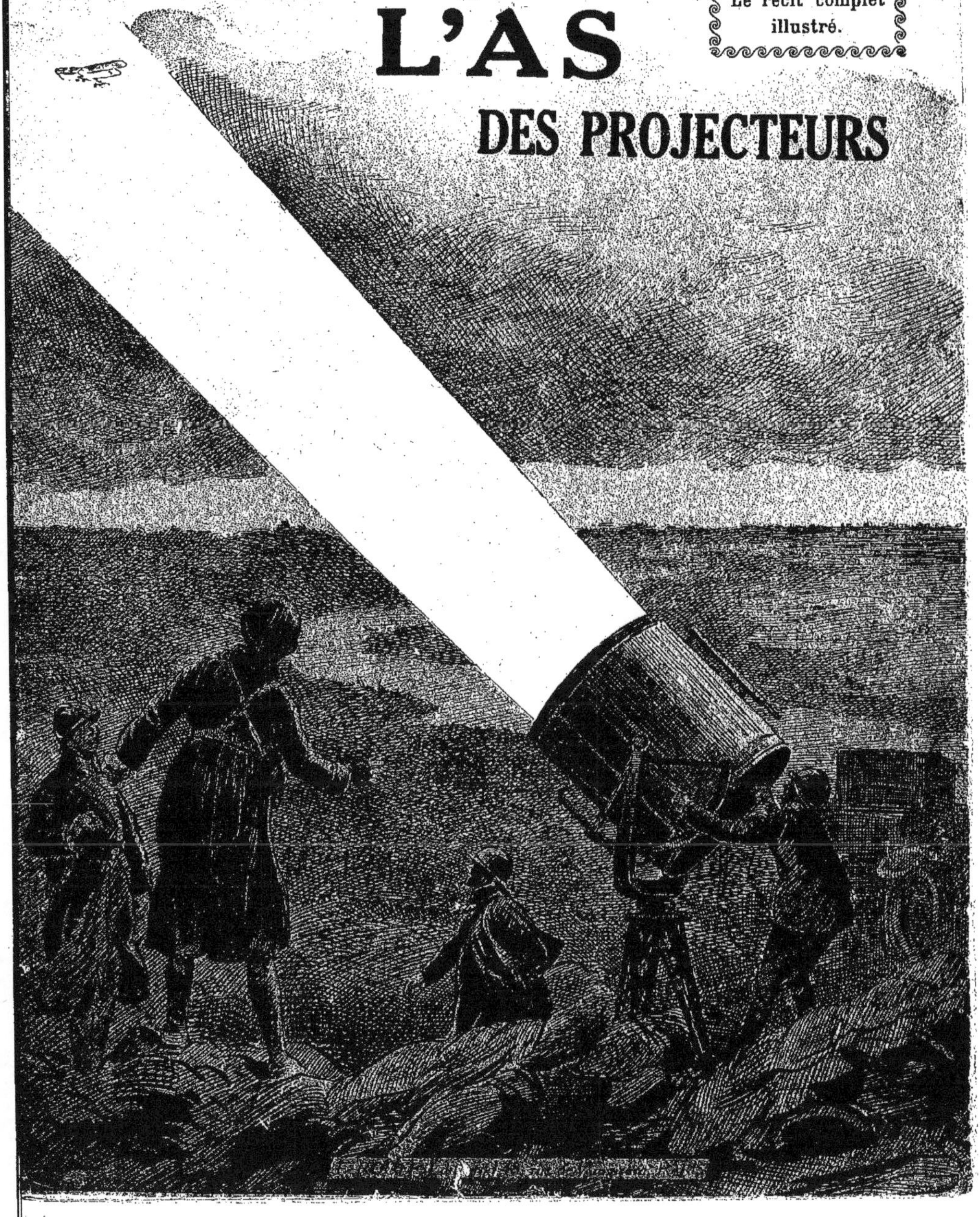

I

La retraite d'octobre

SEPT octobre 1918.

La nuit...

Dans la journée d'hier, nous avons repris Berry-au-Bac!

En plusieurs endroits, la ligne d'eau de la Suippe et de l'Ornes a été atteinte ou dépassée par nos troupes.

La marche en avant continue... méthodique, irrésistible!

Nuit et jour on combat; nuit et jour on avance.

Les Boches résistent pied à pied, semant de pièges leur retraite.

L'admirable et irrésistible élan de nos troupes force l'ennemi à un « décollage » beaucoup plus précipité qu'il ne pensait.

Il comptait s'accrocher à des positions qui lui permettraient d'évacuer méthodiquement, tranquillement, son matériel...

Et aujourd'hui bousculé, talonné, il doit lâcher chaque jour plus de terrain.

La rage au cœur, il abandonne villes et villages, en déshonorant sa retraite par des déprédations, des actes de vandalisme, des incendies habituels.

Il la sème aussi de pièges grossiers, espérant nous faire payer par la ruse une avance qu'il ne peut arrêter par les armes.

La fourberie allemande se donne ici libre carrière.

Voici quelques-unes des mesures prises par l'état-major allemand pour barrer la route avant l'évacuation des contrées qu'il doit abandonner au nord du front de Reims :

Les routes devaient être détruites en certains endroits et coupées d'excavations de 5 à 8 mètres de large qui les barreraient complètement.

Aux carrefours, les Allemands provoquaient la création d'entonnoirs au moyen de deux charges placées, soit aux extrémités de deux rameaux débouchant d'une galerie ou d'un puits, soit aux extrémités de deux forages entrepris de part et d'autre des talus de la route.

Ce cas typique venait d'être observé le 6 octobre à un croisement de chemins :

Il y avait une double mine à chaque débouché du carrefour, soit six mines, dont deux seulement ont explosé. Elles avaient été posées par deux, normalement à l'axe de la route, au moyen de forages. Les charges étaient enfermées dans une enveloppe en zinc de 8/10 m/m d'épaisseur, soudée. Le couvercle de fer-blanc portait une plaque de fermeture pour la charge et l'amorçage, ainsi qu'un petit cylindre de même métal pour pousser la mine. L'amorçage était électrique, simple. L'explosif était brun foncé, de consistance boueuse, et dégageait une forte odeur de nitro-benzine. Il était enveloppé de papier parchemin. Il y avait deux mines de 35 kilos à la profondeur de deux mètres. Le diamètre de l'entonnoir atteignait 5 mètres, soit la largeur de la chaussée.

A mesure qu'on arrivait dans les villages réoccupés, on rencontrait des puits ouverts sous les trottoirs et aboutissant à des fourneaux de mines.

Il y en avait partout, dans le rez-de-chaussée des maisons, notamment, et on les découvrait en soulevant le carrelage.

Dans certaines localités, les Allemands avaient tenté de placer, tous les 40 mètres environ, au niveau du sol, des augets en bois contenant deux fils de cuivre, réunis par une jonction, auxquels devait aboutir le courant d'un poste de transformateur à haute tension!

Nos poilus ne trouvaient pas que cela... Ils découvraient aussi des preuves écrites de l'organisation de la résistance ennemie, notamment — comme c'est arrivé à l'auteur de ces lignes — un petit bouquin bien intéressant et assez rare.

Il s'agit d'un questionnaire suivi de réponses à l'usage des mitrailleurs.

C'est une sorte de bréviaire que le mitrailleur devait apprendre par cœur, afin d'avoir présents à la mémoire tous les cas possibles d'emploi du modèle lourd et du modèle léger, surtout en cas d'offensive, ce qui était bien le cas.

Voici donc un extrait de l'opuscule que j'ai trouvé dans une ferme démolie, au nord de Berry-au-Bac :

MITRAILLEUSE LOURDE

1. Quelle est la destination de la mitrailleuse lourde modèle 1908?

— C'est l'arme de la zone intermédiaire entre la première ligne et les lignes plus en arrière.

2. Où installe-t-on les mitrailleuses lourdes? — *Dans des positions de réserve, des points d'appui, des nids de résistance.*

3. A quoi servent-elles? — *A la protection de l'artillerie légère et de l'artillerie lourde.*

4. A quoi les mitrailleuses lourdes doivent-elles faire obstacle? — *Quand l'ennemi a enfoncé la première ligne, elles doivent l'arrêter et lui opposer de la résistance.*

5. Quelles missions spéciales leur incombent? — *Les tirs de harcèlement et les tirs de barrage.*

6. Comment peut-on harceler l'ennemi? — *Le jour, on pointe les mitrailleuses sur les routes fréquentées et on règle le tir par des feux tirés coup par coup. On fixe les deux leviers et la nuit, à des heures déterminées, on arrose la route de balles.*

7. Comment faut-il organiser les emplacements de mitrailleuses? — *Ils doivent être abrités et protégés contre l'observation aérienne.*

8. Qu'adviendrait-il si l'ennemi découvrait une de nos mitrailleuses? — *Il enverrait une pluie d'obus sur son emplacement.*

9. Alors à quoi faut-il surtout veiller à ce sujet? — *A s'assurer des positions de rechange, afin de pouvoir occuper immédiatement un autre emplacement, quand l'ennemi a repéré une mitrailleuse.*

10. Que doit-il y avoir en permanence auprès d'une mitrailleuse? — *Il doit y avoir une sentinelle pour parer à toute surprise.*

11. Comment doit-on de préférence placer une mitrailleuse? — *Il faut la placer de flanc et veiller à avoir un bon champ de tir.*

12. Dans quel but? — *Pour pouvoir prendre l'ennemi de flanc.*

13. Quels genres de tirs peut-on encore effectuer avec la mitrailleuse? — *Des tirs par-dessus les obstacles, le but restant visible, et des tirs indirects.*

14. Quand est-il permis de tirer par-dessus notre infanterie? — *Quand le gerbe de balles dépasse de cinq à six mètres l'infanterie en marche.*

15. A quoi sert encore la mitrailleuse lourde? — *A tirer sur les avions et sur les tanks.*

MITRAILLEUSE LÉGÈRE

1. Quelle est la destination de la mitrailleuse légère, modèle 1908-1915? — *Elle est, par excellence, l'arme de défense contre une attaque, dans les lignes mêmes de l'infanterie.*

2. Où emploie-t-on la mitrailleuse légère? — *Elle n'est employée qu'en première ligne, par l'infanterie.*

3. Quelle doit être la position constante de la mitrailleuse légère? — *Elle doit être placée dans un abri, toujours chargée.*

4. Pour quelle tâche utilise-t-on encore la mitrailleuse légère? — *Pour l'assaut.*

5. Quel est le premier devoir d'un chef de pièce, après avoir pénétré dans les lignes ennemies? — *De s'assurer un bon champ de tir, afin de pouvoir anéantir l'ennemi en le prenant sous son feu, au moment où ce dernier exécute une contre-attaque.*

6. Que faut-il encore prévoir pour la mitrailleuse légère? — *Des emplacements de rechange.*

7. Sur quoi la mitrailleuse légère modèle 1908-1915 doit-elle exclusivement tirer? — *Sur des objectifs bien situés et visibles.*

Comme tout avait été prévu!

Mais cela n'empêchait pas l'ennemi de lâcher pied, sous notre pression formidable qui, un mois plus tard, devait l'acculer à l'armistice!

Cette nuit-là, un avion français se tenait prêt à prendre son essor, dans un pré aux abords de Cormicy.

L'officier qui le pilotait — le sous-lieutenant de Verteuil — causait avec son compagnon de voyage, le maréchal-des-logis Tréteigne, un *aérien* déterminé qui cumulait ces deux fonctions principales : observateur le jour, bombardier la nuit.

Ils attendaient un ordre de mission.

Un troisième personnage vint se joindre à eux : le capitaine Houllemanche, commandant l'équipe des projecteurs du ...ᵉ corps d'armée.

— Eh bien, messieurs, on se prépare?

— Oui, mon capitaine, répondit de Verteuil.

— Que dites-vous de cette nuit-là?

— Elle est belle comme une nuit de Venise ou de Téhéran.

— Mais un peu plus fraîche! sourit le capitaine Houllemanche.

— Est-ce que nous allons causer ce soir? demanda le sous-lieutenant.

— Mon projecteur et vous? C'est bien possible. C'est même probable... Vous paraissez surpris que je dise *mon* projecteur, au lieu de *mes*... C'est que je n'en ai plus qu'un de valide, messieurs. Les trois autres du groupe ont été évacués hier matin. Evacués du front!... J'attends leurs remplaçants.

— Et vous pourriez bien les attendre longtemps, mon capitaine! dit un nouveau venu qui portait les simples et modestes galons de caporal du génie.

— Vous croyez, Marmontel? fit Houllemanche.

— Je ne le crois pas; j'en suis sûr, répondit le jeune homme.

— Et qui vous donne cette certitude-là?

— Une conversation surprise au téléphone.

— Vous savez qu'il est interdit d'écouter...

— Aussi, n'est-ce pas moi; c'est un copain...

— Je ne vous demande pas son nom; je serais obligé de le punir, sourit le capitaine Houllemanche... Alors, pourquoi attendrai-je longtemps mes trois autres projecteurs?

— Parce qu'ils ont été mobilisés... *chauffés*... par la ...ᵉ armée, qui en avait besoin!

— Ça, c'est une raison!... et une raison de première classe.

— La ...ᵉ armée a perdu une partie de ses appareils lors du dernier bombardement de nuit. Alors, elle met la main sur les nôtres.

— Eh bien! nous nous passerons d'eux, voilà tout.

— Comment! dit le sous-lieutenant, on se permet ainsi de se jouer de pareils tours d'une armée à l'autre?...

— Mon ami, c'est la guerre... On ne connaît personne!

— Cependant...

— Le système D sévit partout ici, jusque dans les états-majors.

— Et le droit de prise existe?

— Parfaitement.

— C'est immoral! sourit de Verteuil.

— Peut-être... mais c'est très humain... Voyons, il vous manque, pour accomplir une mission, un objet de première nécessité... un projecteur, par exemple... Ce projecteur passe à votre portée. Vous n'avez qu'à étendre la main... Il n'est pas à vous, c'est entendu... Mais avouez que la tentation est très forte!... et que armée, corps d'armée ou simple division, vous ne résistez pas à l'idée d'enrichir votre matériel aux dépens de celui du voisin.

— C'est une conception...

— Tout le système D y est enfermé, mon cher ami!

*
**

A ce moment, plusieurs fusées s'aperçurent au loin, grimpant dans la nuit, du côté du front, dans la direction de Sissonne.

— Bon! voici les avions boches qui démarrent! fit le sous-lieutenant de Verteuil. Nos postes de guet les signalent.

— Encore un bombardement en perspective pour Paris! dit le capitaine Houllemanche.

— Et dire, ajouta rageusement Tréteigne, qu'on ne peut rien, la nuit, contre ces cochons-là!

— Il est vrai qu'ils ne peuvent rien non plus contre nos bombardiers nocturnes, interposa Marmontel, que sa jeunesse n'empêchait pas de se mêler à la conversation des officiers, très gentils pour lui en raison de sa bonne éducation et de ses excellents services.

Le capitaine Houllemanche déclara catégoriquement :

— Pardon! On peut quelque chose contre les avions, la nuit!

— A condition de les découvrir! rectifia le sous-lieutenant de Verteuil.

— Eh! ne sommes-nous pas là pour ça, nous, les projecteurs?... Pratiquement, l'avion est invisible la nuit, c'est entendu. Il s'agit de créer autour de lui une atmosphère lumineuse, tout simplement.

— Alors, l'hirondelle cesse d'être une chauve-souris! dit Tréteigne.

— Parfaitement! appuya Houllemanche. Et vous allez voir cela pas plus tard que tout de suite.

Les fusées continuaient à monter dans le ciel obscur.

On aurait pu croire à un bouquet de feu d'artifice.

— Il doit en passer pas mal de ces pirates! opina de Verteuil. Pour que les nôtres se livrent à une pareille débauche pyrotechnique... ...

Le capitaine Houllemanche avait donné un ordre à Marmontel.

Celui-ci partit en courant vers une sorte de silhouette noire qui se dessinait dans l'ombre, à quelques mètres de là.

On eût dit, dans l'obscurité, que c'était une gigantesque sauterelle dressée sur ses pattes, attendant le moment de bondir.

Soudain, la tête de la sauterelle s'illumina, féeriquement.

Une traînée de lumière jaillit.

Ce fut comme une immense queue de comète qui balaya tout le ciel.

— Le phare donne merveilleusement ce soir! constata Houllemanche, satisfait.

Oui, il rendait son maximum. Une lumière très blanche, continue, abondante.

— Combien de bougies? demanda le sous-lieutenant de Verteuil.

— 30 à 40.000, suivant le courant... Et nous avons un excellent générateur... En outre, la combinaison des miroirs nous permet d'intensifier le faisceau lumineux.

— A quelle distance portez-vous?

— Portée utile, six kilomètres.

— On n'a pas besoin de tout cet élan pour des avions qui, la nuit, ne marchent pas à plus de deux mille cinq cents.

— Détrompez-vous!... Quand ils traversent nos postes de défense, ils plafonnent souvent à trois et même quatre mille. On l'a constaté à l'altimètre du Fokker abattu la semaine dernière.

— Grâce à vous, mon capitaine. Vous l'éclairiez si bien que nos 75 de la D. C.A. avaient une cible admirable.

— Nous allons tâcher d'en faire autant ce soir, lieutenant!

Sur ce, Houllemanche alla rejoindre le caporal Marmontel auprès du projecteur.

— * —

II

Qui cherche trouve...

LE panache de lumière balayait le ciel en tous les sens.

Il zébrait la nue...

Parfois, il éclairait de gros nuages blancs comme la neige éternelle des glaciers, qui flottaient, entre deux courants, à une hauteur considérable.

Ensuite, son rayon se perdait dans l'infini, en lueur vague.

A présent, les fusées avaient cessé leurs signaux multicolores.

Là-bas, tout là-bas, vers Sissonne, l'ombre régnait de nouveau.

L'ombre... mais pas le silence. Car, maintenant, on percevait nettement le bruit des moteurs allemands en pleine marche.

— Ce sont bien des boches, n'est-ce pas, mon lieutenant? fit Trétcigne, qui se dirigeait aussi, avec Verteuil, vers le projecteur en action.

— Il n'y a pas à s'y tromper... Le moteur d'aviation allemand donne une note moins saccadée que le nôtre, plus étalée et en quelque sorte musicale... En outre, écoutez donc ces *crescendos!*

En effet, le bourdonnement s'enflait parfois, pareil au son d'un orgue auquel on donne du souffle.

— Pas d'erreur! conclut de Verteuil... Ce sont bien eux... Soyez-en sûrs!

Le bruit se rapprochait, s'amplifiait; les sons se mélangeaient, se renforçaient.

— Il y en a bien une dizaine!... émit le sous-lieutenant.

— Au moins, corrobora Houllemanche. C'est bien le diable si on n'en pince pas un!

Et toujours, le projecteur fouillait les profondeurs du ciel.

**

— Ah! s'écria tout à coup Marmontel, d'une voix haletante.

— Quoi?

— Rien... Il m'avait semblé... Mais si, tout de même!

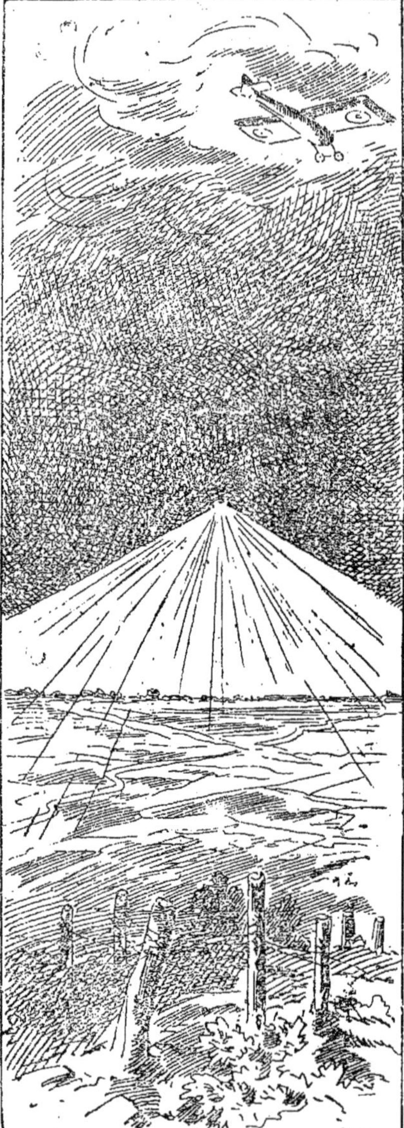

Un obus à parachute tombe avec une
grande lenteur (p. 12).

— Oui! s'écria Houllemanche... En voici un qui
est accroché!...

Et, se tournant vers un
poilu, travailleur obscur
mais habile, qui faisait virer le réflecteur autour de
son axe :

— Attention à la manœuvre, Duvignel!... Ne le lâche pas, hein?

— Soyez tranquille, mon
capitaine... Plutôt perdre
mon perlot!

Et, en effet, il ne lâchait
pas sa proie, cet excellent
garçon.

A présent, le rayon lumi
neux se fixait sur l'avion
qu'il avait saisi; il s'y accrochait; il tenait obstinément sa capture.

L'avion volait haut, très
haut... Il apparaissait, tout
blanc, minuscule à cette
distance, mais nettement visible dans le panache qui
l'enveloppait.

Il évoluait, faisait des
embardées fantastiques,
folles.

— Il se voit repéré! dit
Houllemanche... et il voudrait bien nous fausser
compagnie... Vous donnez
toute la lumière, Duvignel?

— Toute, mon capitaine...
et je le tiens bien, allez!

Oui, le faisceau du projecteur accompagnait fidèlement l'avion dans toutes ses
cabrioles.

Déjà, la canonnade retentissait. Des obus explosaient, mais loin du but.

Certaines déflagrations se
produisaient dans le rayon

éclairé; et c'était alors un féérique spectacle.

Tout à coup, plus rien!

L'avion avait disparu.

Et on ne l'a pas vu sortir de l'orbe de clarté

— Serait-il touché? demanda de Verteuil.

— Ça m'étonnerait, répondit Houllemanche. Les shrapnells éclataient beaucoup trop loin.

— A quelle distance, à votre avis, mon capitaine?

— Rien n'est plus difficile à évaluer, surtout la nuit. Il y a une question d'angle qui fausse radicalement les appréciations; nous n'avons pas la ligne d'horizon comme base-repère :

— Mais enfin, l'avion a peut-être été touché, puisqu'on ne le voit plus.

— Ce n'est pas une raison. Il a pu piquer brusquement... Cherche, Duvignel! Il faut qu'on le retrouve!

— Lui ou un autre! grommela le poilu, vexé de voir son gibier lui échapper... Bon sang de bon sang de bonsoir!

Soudain, il s'exclama, comme tout à l'heure : « Ah! », mais avec plus d'entrain, plus de bonheur que la première fois.

Ce coup-ci, il tenait deux avions dans son champ lumineux.

Deux avions que le capitaine observa aussitôt avec sa jumelle.

— Parfait! murmura-t-il.

Le rayon éclatant s'était relevé. Maintenant, il apparaissait presque vertical. Bientôt, la perpendiculaire serait absolue...

Les avions volaient très vite. Ils allaient passer au-dessus du projecteur. Le vrombissement des moteurs semblait tout proche. Et pourtant, ils étaient au moins à trois mille, autant qu'on pouvait se permettre cette approximation.

De nouveau, les canons de la défense tonnaient, en nombre.

Fracas infernal! Eclatements innombrables qui trouaient le ciel de centaines de veilleuses rouges...

Quelques culots de 75 tombaient de-ci, de-là, non loin du projecteur.

Ça, c'est *l'autre danger!*...

Et les deux avions continuaient à avancer, toujours suivis par Duvignel.

Mais bientôt, ils se séparèrent, et l'opérateur ne put en garder qu'un dans le champ éclairé.

Celui-là commençait à être serré de près par les *fusants*.

Il était traqué par cette terrible meute harcelante.

Les coups se rapprochaient de lui, l'encadraient, l'enserraient dans une sorte d'auréole.

— Vont-ils l'avoir? se demandent tous, anxieusement...

Combien d'yeux, en ce moment, sont braqués sur cette chasse formidable qui se déroule à une hauteur vertigineuse!

— Ah! crie encore Duvignel.

— Quoi?

— Il y est!

Cette fois-ci, pas d'erreur : le Fokker est touché.

Nettement, distinctement, on a vu un éclatement dans une de ses ailes.

La fumée se dissipe...

L'avion est démembré.

Et il glisse, il tombe, il s'écroule... toujours suivi par le rayon impitoyable qui ne veut pas le quitter, qui l'a signalé au coup mortel, qui l'accompagnera jusque dans sa chute sur le sol.

Un fracas terrible : ce sont les bombes de l'appareil allemand qui explosent!

Quel vacarme assourdissant!

Vingt voix, cent voix y répondent, joyeuses, forcenées :

— Il y est!

— On l'a!

— Dans la patate!

De nouveaux fracas retentissent : les dernières charges du boche viennent de déflagrer dans une effrayante rutilence, au milieu d'une vibration d'air inouïe.

Et ce désastre éclaire — l'espace de trois ou quatre secondes — tout le terrain autour de lui.

L'avion ennemi est tombé presque dans la rivière voisine.

Précaution inutile si le pilote avait eu l'intention d'éteindre l'incendie qu'il prévoyait...

Le pilote est volatilisé et son appareil n'a pas eu le temps de prendre feu : il est en mille morceaux!

III

Avions et projecteurs

Mon vieux Duvignel, vous avez bien travaillé, déclara Houl-lemanche.

— On fait ce qu'on peut, mon capitaine, comme toujours!

— Voilà vingt francs pour arroser ce succès, avec toute l'équipe.

— Merci, mon capitaine... Mais c'est pas le pinard qui nous fera le plus plaisir, allez!

— Qu'est-ce que c'est donc?

— La gloire d'avoir réussi...

— Tous cocardiers!... murmura le sous-lieutenant de Verteuil.

— Oui! continuait Duvignel, nous voulons, nous aussi, être des as.

— Et nous servons l'as des projecteurs! s'amusa le petit Marmontel, gaîment, avec crânerie et fierté.

— Mon capitaine, demanda l'un des hommes de l'équipe, est-ce qu'on pourrait aller voir,... là-bas...

— L'appareil ennemi?... Mais, mon pauvre ami, il n'en reste rien, rien de rien, absolument rien... Tu ne verras qu'un trou, un entonnoir pareil aux autres.

— Alors, si ce n'est que ça, je reste.

En haut, les moteurs continuaient à ronfler, en bourdonnement ininterrompu.

— Je parlais de dix, fit de Verteuil... mais ils sont bien une vingtaine.

— Et vous, quand partez-vous? lui demanda Houllemanche.

— Dès qu'il seront passés, mon capitaine... nous avons pour mission, ce soir, d'aller bouleverser leur terrain d'atterrissage.

— Où est-il, ce terrain?

— Entre Saint-Quentin et Hirson, dans de grands prés bordés par l'Oise.

— Mais... comment retrouverez-vous l'emplacement dans la nuit?

— Vous oubliez nos fusées éclairantes, mon capitaine, nos obus lumineux et nos parachutes spéciaux. Nous en emportons toujours à bord dans nos randonnées nocturnes... Et nous avons aussi un projecteur de bord, alimenté par un arc électrique puissant, l'acétylène ou la lampe à incandescence à atmosphère d'azote. Ces sortes de phares aériens éclairent parfaitement l'espace situé au-dessous d'eux.

— Vous n'avez pas d'éblouissements? Car cela éclaire aussi vos appareils de manœuvre et de mesure?

— Non... nous avons pour cela des dispositifs phosphorescents.

— Que préférez-vous pour vos reconnaissances et vos atterrissages nocturnes : les engins éclairants ou les projecteurs?

— Les premiers, qui ont l'avantage d'illuminer le sol tout en laissant l'appareil dans l'ombre.

— Ont-ils une puissance suffisante?

— Certes! Un obus à parachute tombe avec une grande lenteur. La mine de lumière éclaire un rayon de deux kilomètres pendant quatre minutes et s'éteint à 100 mètres du sol.

— Et pendant ce temps, l'observateur aérien demeure invisible!... déclare Houllemanche en riant.

— Sauf quand il est repéré par l'as des projecteurs!

— Que nous sommes loin, poursuivit le capitaine, du règlement de 1913 sur la circulation aérienne, déterminant les feux de navigation pour aéronefs!

— Tout cela est changé, mon capitaine.

— Mais on voit quand même, la nuit, des astres errants, portant des flammes de couleur...

— Vous en verrez ce soir.

— Je le sais, puisque nous devons nous tenir en liaison avec eux.

— Quelle est la lettre de reconnaissance?

— V... L'initiale du mot d'ordre : Villars.

— Et la couleur?

— Verte.

— C'est bien ce que j'avais noté, déclara de Verteuil; mais il faut toujours contrôler pour ne pas s'exposer à de graves méprises...

— Comme celle de l'autre soir, où notre D. C. A. canardait nos avions qui répondaient trop tard à la demande du projecteur.

— Trop tard?

— Aussi, mon ami, ajouta en riant le capitaine Houllemanche, répondez sans tarder quand nous vous enverrons la lettre V.

Le sous-lieutenant tira sa montre à cadran lumineux et dit :

— Je crois que nous ne tarderons pas à prendre l'air. J'attends pour dix heures les ordres du chef de l'escadrille.

— Vous êtes nombreux à aller bombarder ce champ d'aviation?

— Une dizaine, munis de torpilles nouveau modèle. On pourra faire de bon travail là-dessus!... Le terrain d'atterrissage boche est

Le voici au-dessus du terrain d'atterrissage (p. 18).

pourvu de tous les perfectionnements. Le foyer lumineux du feu central (blanc) et ceux des quatre points cardinaux (rouges), sont disposés dans des fosses recouvertes de plaques de verre suffisamment épaisses pour résister au choc d'un atterrissage.

— Mais pas à celui d'une torpille de cent kilos!

La conversation fut interrompue par l'arrivée d'un cycliste.

— Le lieutenant de Verteuil? demanda-t-il après un salut.

— Voici, mon gars.

— Un pli, mon lieutenant.

Verteuil prit le papier et lut, avec l'aide de sa lampe électrique.

— On part! dit-il à Tréteigne.

— Chouette!

— Le ciel est libre; c'est notre tour d'y monter.

En effet, on n'entendait plus que vaguement le bruit des oiseaux boches filant vers la capitale en une rumeur étouffée et lointaine.

L'avion allait accomplir sa mission... sa mission de bombardement.

Tréteigne mettait en marche. Il **monta** dans la carlingue avec Verteuil.

— Ça va être bientôt le moment d'engager la conversation, mon capitaine, dit ce dernier à Houllemanche, qui lui serrait la main.

— Evidemment! Il s'agit de pouvoir identifier les nôtres...

— Surtout quand les autres reviendront de là-bas! Allons, au revoir, mon capitaine.

— Bon voyage! et bonne chance!

— On tâchera!

L'aéroplane commençait à frémir dans toute sa carcasse, à osciller sur son train de roues.

Il se mit en mouvement, parcourut une quinzaine de mètres sur le sol, puis décolla...

Quelques secondes encore, on aperçut la silhouette du Farman s'amincir, s'amoindrir, se fondre dans l'espace.

Puis, plus rien...

Il allait vers son but.

IV

Les dialogues du Ciel

A nous maintenant, camarades! dit le capitaine Houllemanche. Il se tenait près du projecteur, aux côtés de Marmontel et de Duvignel, attentifs à ses ordres.

On n'entendait plus du tout le formidable bourdonnement de tout à l'heure.

Seule, à présent, la chanson grêle de l'avion de Verteuil s'épandait dans la nuit.

Ce solo ne tarda pas à devenir un duo... puis un trio... puis un quatuor...

C'étaient les autres aéros français qui se mettaient en route.

Ils allaient détruire le nid boche, bouleverser l'aire des vautours sanglants.

De toutes parts, l'alerte était donnée et on avait aussi reçu la consigne.

La D. C. A. (défense contre avions) ou, si vous aimez mieux, l'A. A. A. (artillerie anti-aérienne), qui donnait il y a un quart d'heure, se taisait.

La terre elle-même était muette. A peine si, par là-bas, vers Beine ou Asfeld, on percevait les roulements de camions amortis par la distance.

La guerre, semblait-il, s'assagissait... vaincue par la fatigue.

Elle ne parlait plus que par la voix métallique des avions de France.

Encore, ceux-ci, fallait-il les reconnaître... les distinguer sans les voir... Car, dans le troupeau des bonnes brebis pouvaient se faufiler des brebis galeuses, quelque fokker ou quelque gotha qui, à la faveur de cette supercherie — souvent constatée — viendraient survoler nos lignes en toute sécurité, sans le moindre risque, de très bas...

C'est pourquoi l'équipe du projecteur se tenait prête à interroger l'espace.

Un avion passa, un peu haut...

Houllemanche écouta...

Le bruit ne lui apprit rien.

— Sans doute un moteur nouveau! se dit-il... Il chante une romance inconnue à nos oreilles!

Il fallait savoir à qui on avait affaire.

— Lancez la lettre! ordonna Houllemanche à Duvignel.

— C'est bien V., n'est-ce pas, mon capitaine?

— V... C'est cela.

Aussitôt, le projecteur lança un V dans l'espace.

Trois points et un trait — ou, si vous préférez un langage plus harmonique — trois brèves et une longue.

Le V de l'alphabet Morse.

A plusieurs reprises, les trois rayons courts et le rayon long percèrent la nuit, allant se perdre dans l'immensité noire.

L'avion ne répondait pas.

— Il n'a pas l'air de s'inquiéter beaucoup de notre signal! dit Marmontel.

— Il nous tourne peut-être le dos, expliqua Duvignel, l'opérateur.

— N'importe! répondit le capitaine... Le rayonnement frappe partout... Encore une fois, Duvignel.

— Encore!

Toujours pas de réponse.

— On va lui envoyer l'injonction, l'avertissement avant hostilités, dit le capitaine... Allez, Duvignel... Le point d'orgue!... Vite!...

Ce fut une longue très appuyée.

Et, aussitôt après un intervalle, pour la dixième fois au moins, le V parla encore :

Presque aussitôt, une lueur verte illumina le ciel, à une très grande hauteur.

Une fusée tombait, s'égrenait, très lente et très riche.

— Ah! il a compris!... fit Houllemanche avec satisfaction. Flamme verte.

Oui, c'était la réponse à l'appel du projecteur, la réplique convenue.

*
**

A plusieurs reprises, ce dialogue émouvant se renouvela.

On eût dit une causerie entre les astres qui, ne se voyant pas, se cherchaient, essayaient de nouer conversation entre eux.

Question et réponse se croisaient... Tout marchait régulièrement.

— Quelle heure est-il ? demanda bientôt le capitaine Houllemanche.

— Onze heures et demie, mon capitaine.

— N'oublions pas que le code changera à minuit.

— Nous aurons alors à envoyer la lettre R, précise le brigadier Marmontel.

— Et à recevoir la couleur rouge.

La bousculade du sol

CEPENDANT, nos avions glissaient dans l'éther, vers le terrain d'atterrissage allemand.

Tous les feux y étaient éteints. Ils ne devaient s'allumer qu'à l'heure probable du retour de l'escadrille partie pour bombarder Paris.

S'il y avait eu un peu de lune, on aurait pu le situer par la proximité de l'Oise, où se serait réfléchi l'astre des nuits.

Mais il n'y avait ni lune, ni même cette obscure clarté qui tombe des étoiles.

Nos aviateurs, il est vrai, connaissaient la distance à franchir, et à peu près à hauteur du champ d'atterrissage, ils n'avaient qu'à dépêcher vers le sol quelques-uns de ces engins lumineux dont parlait le lieutenant de Verteuil au capitaine Houllemanche.

C'est bien ce que de Verteuil, en particulier, comptait faire.

Mais un événement se produisit, qui devança son intention.

Trompé sans doute par le bruit de nos moteurs, le veilleur du camp allemand crut — ce qui était arrivé déjà le mois dernier — à un retour prématuré des oiseaux boches obligés de faire demi-tour devant un tir de barrage nourri de la D. C. A. de la région parisienne.

Oui, le fait s'était produit le 23 septembre. Battant hâtivement en retraite, fokkers, gothas et taubes revenaient tous à leur port d'attache.

Ils y revenaient trop tôt. Rien n'était allumé, ni cratère, ni lampes de fosse... Rien ne signalait le terrain d'atterrissage.

Aussi : casse énorme !

Quatre appareils s'étaient démolis en arrivant au sol en pleine vitesse. Et ces bolides malgré eux avaient fait, en outre, des victimes parmi le personnel du camp.

Il y avait lieu d'éviter le renouvellement de cette fâcheuse capilotade.

Voilà pourquoi, ce soir-là, le veilleur boche avait envoyé le courant générateur de lumière en entendant nos aéros, qu'il croyait être les siens.

Un ingénieux dispositif d'allumage permettait de ne faire parler que deux points cardinaux sur quatre, afin d'indiquer la direction du vent, — chose capitale à connaître pour le pilote désireux de reprendre contact avec le sol.

La disposition du plan parlant était donc la suivante :

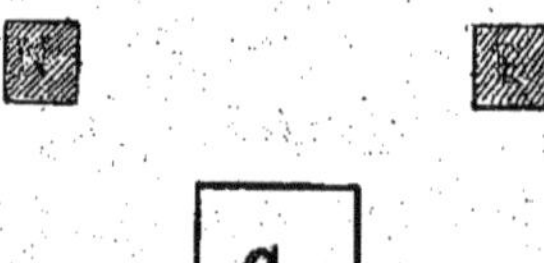

N. S. O. E., Nord, Sud, Ouest, Est, feux rouges.
C., feu central blanc.

C resplendissait sous sa vitrine, immense rectangle nettement visible à une dizaine de kilomètres au moins.

N et S étaient également allumés, N avec une incandescence beaucoup plus forte, pour annoncer le sens du vent : Sud-Est.

E et O demeuraient éteints.

En cas de vent nul, les quatre foyers auraient flambé.

Ah! les précautions de ces messieurs étaient certes bien prises!...

C'est ce que se disait de Verteuil, tout en riant, à la pensée que « ces messieurs » se mettaient ainsi en quatre pour lui-même, pour mieux lui signaler l'emplacement, lui désigner avec précision le bon endroit!

Il continue, en ralentissant...

Le voici au-dessus du terrain d'atterrissage. Les camarades le suivent, en ordre plus ou moins dispersé, à intervalles calculés soigneusement et à hauteurs variables.

De Verteuil fait briller une minuscule ampoule fixée à la visière de son casque.

C'est le signal, Tréteigne n'attend que cela pour toucher son clavier...

Et, successivement, quatre bombes de soixante-quinze kilos et deux obus allongés de 155 sont mis en route par déclenchement.

Le résultat est immédiatement appréciable...

Le foyer blanc ressemble, soudain, à l'orifice d'un volcan en éruption... Puis il s'éteint, pareil à un œil qui se ferme, — un œil crevé.

L'avion a mis dans le mille !

Ceux qui le suivent n'ont qu'à en faire autant. Et ce leur sera facile...

Il est vrai que les feux rouges cessent de briller. Oui... mais un incendie s'est déclaré dans le matériel de la fosse blanche. C'est pour nos pilotes et nos bombardiers une très suffisante indication.

Pendant sept ou huit minutes, ils survolent le terrain en y laissant tomber leurs projectiles.

D'effroyables explosions retentissent, accompagnées de jets de flammes.

Ce sont des secousses infernales, des détonations arrachantes, dont les échos montent jusqu'aux aviateurs, que cette musique enchante divinement.

Ah ! le terrain d'atterrissage sera joli quand les avions allemands essayeront de s'y replacer. Car il faudra bien qu'ils y descendent, bon gré mal gré. Ils seront à fin d'essence et ils n'auront pas le choix... Leurs mines éclairantes ne pourront les sauver tous des catastrophes inévitables.

Gare la casse, messeigneurs !

VI

Le retour

DE son poste de Cormicy, le capitaine Houllemanche écoutait, la joie dans l'âme, cet infernal tintamarre qui, bien que lointain, arrivait à ses oreilles.

Que cela était agréable et doux à son cœur de Français !

Il se disait que nos avions avaient trouvé le but utile, que leur œil d'aigle voyait la cible, que leurs coups l'atteignaient...

Et il savait toute l'importance du bombardement de ce soir

S'il réussissait, il coûterait la vie à plusieurs appareils et à autant d'équipages.

C'était toujours autant de moins! Pas vrai?

Et Houllemanche écoutait, ravi, tout en fumant des cigarettes, qu'il partageait avec son opérateur et avec son brigadier.

Celui-ci plaisantait :

— Ecoutez donc, mon capitaine... c'est du Morse, du vrai!

— Comment ça?

— Dame! oui... Eux aussi, ils ont des longues et des brèves, nos bombardiers, suivant qu'ils font parler les bombes ou les 155!

.   .   .   .

— Garde à vous! prononce le capitaine Houllemanche.

Il vient de surprendre, là-haut, vers l'est, un éclair rouge striant le ciel.

— Vous avez vu?

— Oui, mon capitaine, répondent simultanément les deux poilus.

— Rouge, n'est-ce pas?

— Parfaitement.

D'ailleurs, il n'y a pas à s'y tromper. Une fusée en chapelet distille ses larmes de rubis, qui tombent lentes, lentes, comme des gouttes de pluie à l'extrémité d'un chéneau.

— Les nôtres reviennent! déclare Houllemanche. C'est l'éclaireur qui donne... le pilote d'avant-garde. Il demande la direction-guide...

— Je vais la donner, répond Duvignel.

Et il lance son panache de clarté en arrière, presque parallèlement au sol.

Cette flèche indicatrice d'un nouveau genre s'oriente vers Jonchery.

Nos avions n'auront qu'à suivre cette trajectoire pour regagner sans erreur nos lignes. Là, les feux spéciaux les guideront.

Procédé empirique, la boussole pouvant suffire et devant suffire; mais, la nuit, il est parfois impossible de consulter l'aiguille aimantée; il arrive que les appareils portatifs d'éclairage cessent de donner... ou qu'un éclat de shrapnell casse la boussole.

Le fait s'est produit dans un raid célèbre sur une ville d'outre-Rhin et il a eu pour conséquence une regrettable capture.

Donc, Duvignel jalonne. Son réflecteur envoie de bonne lumière.

L'as des projecteurs aura bien donné ce soir. Il a fait tout ce qui concerne son métier, a rempli toutes ses fonctions, a atteint tous ses buts.

.   .   .   .

De nouveau l'espace se sature de bruits de moteurs en pleine activité.

A l'avant, à l'arrière, de droite, de gauche, c'est le ronflement, le grondement, pareil à l'arrivée de cent automobiles.

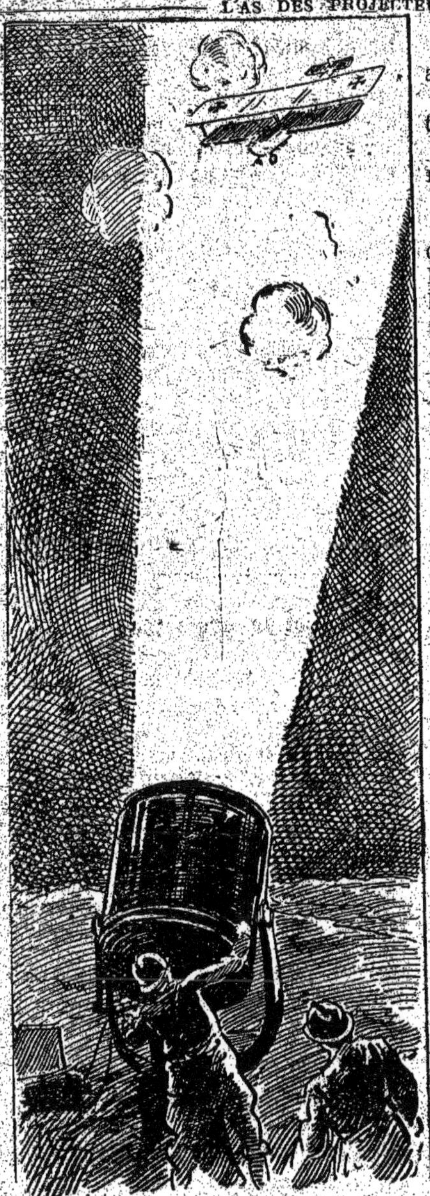

Et le projecteur continue à tenir son adversaire sans faiblir (p. 28).

Eh! ne sont-ce pas les automobiles de l'air?

— Eh bien, ils en mettent! s'écrie Marmontel.

— Qui? demande l'opérateur.

Justement, le capitaine Houllemanche se posait cette question à lui-même. Il y avait *trop d'avions* là-haut. Il ne pouvait n'y avoir *que* des français ou des allemands; il devait y avoir *des deux.*

C'est l'instant de faire le tri.

— Envoyez la lettre! ordonne l'officier, un peu énervé.

Duvignel exécute.

La lettre R s'élance à travers l'espace profond et sombre.

Deux fois, trois fois, elle prend son essor.

Un certain temps s'écoule...

Puis les réponses arrivent : des fusées rouges s'égrènent une à une.

Nos avions passent...

Plus haut, d'autres avions vont en sens inverse. Ce sont les boches qui rentrent au nid.

— Amusez-vous bien, messieurs! s'égaie Houllemanche en pensant au bouleversement de leur terrain et aux casse-cou qui vont s'ensuivre.

Alors il ordonne à Duvignel de cesser le feu, expression de circonstance.

De Verteuil ne reviendra pas atterrir par ici; il doit aller plus loin, avec ses camarades d'expédition, au delà de Jonchery, de l'autre côté de la Vesle.

Peu à peu, les rumeurs métalliques se calment.

La nuit, après tant d'agitation, va redevenir tranquille.

Et peut-être le capitaine, si de nouveaux ordres ne surviennent pas, aura-t-il la latitude de regagner sa cagna, où il se promet déjà un bon, un délicieux repos.

Ah! ce repos après l'alerte!

Il a quelque chose d'exquis...

VII

Le duel entre l'avion et le projecteur

MAIS non...

Ce n'est pas encore pour maintenant...

Un nouveau ronflement se perçoit à présent sur l'arrière.

Ronflement monocorde, à *crescendos*, auquel il est impossible de se tromper.

Voici un bochel... ou cela en a tout l'air.

Et il ne vole pas haut, le gredin!

Peut-être est-ce un avion du raid sur Paris, qui a été blessé en cours de route et qui rentre tirant de l'aile, tel le pigeon de la fable?...

Qui sait?

— Attention! dit Houllemanche... Le signal!... Vite!

Derechef, la lettre R s'envole du projecteur, pique l'espace de son rythme.

Rien ne répond...

Et l'avion se rapproche!

R!... R!... R!...

Toujours pas de réponse...

Aucune réponse non plus au signal comminatoire avertissant qu'on va tirer.

L'avion s'avance toujours, à marche lente... prudemment.

On sent qu'encore il a baissé.

S'il est à sept cents mètres, c'est tout.

Son silence est inexplicable. Ou plutôt il ne s'explique que trop.

Le capitaine donne l'ordre de recherche. La traînée lumineuse du projecteur explore les profondeurs célestes.

Le gigantesque panache couleur de soleil se promène aux quatre coins de l'espace.

La recherche n'est pas longue... Un avion se silhouette dans l'axe illuminé.

C'est bien un avion allemand. A l'œil nu se distinguent les sinistres croix noires peintes sous les ailes.

Déjà il est reconnu, identifié. Un fracas d'artillerie jaillit du sol. La D. C. A. entre en danse... et avec quelle ardeur?

Mais le boche n'a pas l'air de s'émouvoir. Il ne fuit pas, il insiste au contraire et vient tournoyer à cinq ou six cents mètres juste au-dessus du projecteur.

Celui-ci ne lâche pas sa proie. Il l'éclaire, le signale à nos 75... Il la monte en épingle! comme dit Marmontel, qui a toujours le mot pittoresque.

Et les fusants font rage autour de l'appareil ennemi.

Le capitaine commence à s'inquiéter un peu. Ce jeu de l'adversaire n'est pas naturel... Il doit cacher quelque chose.

Quoi?... Houllemanche est bientôt fixé là-dessus.

Un sifflement de sirène... une détonation effroyable... un ébranlement du sol... L'avion a lâché un de ses projectiles, — un de ceux dont il n'a pu gratifier la capitale, — et il vise le projecteur... Car le coup est tombé à moins de cent mètres de là, et la secousse a été celle d'un tremblement de terre.

— Insistez! commande le capitaine.

Et le projecteur continue à tenir son adversaire, sans faiblir.

Duel sans précédent, — auquel il serait facile au projecteur de mettre un terme en éteignant son œil de cyclope et en se réfugiant dans l'abri des ténèbres.

Mais l'as des projecteurs ne l'entend pas ainsi. Il aura l'adversaire, ou l'adversaire l'aura!

Pas de capitulation. Lutte sans merci.

Duvignel continue imperturbablement à diriger sur le gotha le rayon de son phare.

Une deuxième bombe arrive, après le sifflement prémonitoire, très bref.

Celle-là tombe un peu plus près.

Des éclats vibrants viennent mourir aux pieds du capitaine.

Une odeur nitreuse envahit l'atmosphère... la sature, l'empoisonne.

Mais le projecteur tient encore l'avion au bout de sa flèche irradiante.

L'appareil allemand tournoie toujours... Un halo d'explosions l'environne... Des éclats de 75 pleuvent autour du projecteur. C'est un miracle que ni l'instrument ni ceux qui le servent ne soient atteints.

Soudai — coup heureux — un obus prend l'avion par le travers.

On voit le gotha osciller, frémir, basculer, piquer du nez.

Il choit, avec une vitesse de bolide, et vient s'écraser sur le sol, dans le fracas de ses dernières torpilles.

Il est tombé à cent trente-sept mètres du projecteur qui a causé sa perte.

La distance fut mesurée le lendemain. Et le capitaine Houllemanche, savant mathématicien, calcula qu'une seconde plus tard, le pirate s'abattait sur lui.

L'as des projecteurs l'avait échappé belle!

FIN

Imp. d'Éditions, 3, rue Édouard-Jacques, Paris

57